Tucholsky Wagner Zola Scott Sydow Freud Schlegel
Turgenev Fonatne Wallace
Twain Walther von der Vogelweide Fouqué Friedrich II. von Preußen
Weber Freiligrath Frey
Fechner Fichte Weiße Rose von Fallersleben Kant Ernst Frommel
Richthofen
Engels Fielding Hölderlin
Fehrs Faber Flaubert Eichendorff Tacitus Dumas
Eliasberg Ebner Eschenbach
Feuerbach Maximilian I. von Habsburg Fock Zweig Eliot
Ewald Vergil
Goethe Elisabeth von Österreich London
Mendelssohn Balzac Shakespeare Dostojewski Ganghofer
Lichtenberg Rathenau Doyle Gjellerup
Trackl Stevenson Hambruch
Mommsen Tolstoi Lenz Droste-Hülshoff
Thoma Hanrieder
Dach Verne von Arnim Hägele Hauff Humboldt
Reuter Rousseau Hagen Hauptmann Gautier
Karrillon Garschin Defoe Baudelaire
Damaschke Descartes Hebbel
Hegel Kussmaul Herder
Wolfram von Eschenbach Dickens Schopenhauer Rilke George
Bronner Darwin Melville Grimm Jerome Bebel Proust
Campe Horváth Aristoteles Federer
Bismarck Vigny Barlach Voltaire Herodot
Gengenbach Heine
Storm Casanova Tersteegen Grillparzer Georgy
Chamberlain Lessing Langbein Gilm Gryphius
Brentano Lafontaine
Strachwitz Claudius Schiller Kralik Iffland Sokrates
Bellamy Schilling
Katharina II. von Rußland Gerstäcker Raabe Gibbon Tschechow
Löns Hesse Hoffmann Gogol Wilde Vulpius
Luther Heym Hofmannsthal Gleim
Roth Klee Hölty Morgenstern Goedicke
Luxemburg Heyse Klopstock Kleist
Machiavelli La Roche Puschkin Homer Mörike Musil
Horaz
Navarra Aurel Musset Kierkegaard Kraft Kraus
Nestroy Marie de France Lamprecht Kind Kirchhoff Hugo Moltke
Laotse Ipsen Liebknecht
Nietzsche Nansen Ringelnatz
Marx Lassalle Gorki Klett Leibniz
von Ossietzky May vom Stein Lawrence Irving
Petalozzi Knigge
Platon Pückler Michelangelo Kock Kafka
Sachs Poe Liebermann
de Sade Praetorius Mistral Zetkin Korolenko

Der Verlag tredition aus Hamburg veröffentlicht in der Reihe **TREDITION CLASSICS** Werke aus mehr als zwei Jahrtausenden. Diese waren zu einem Großteil vergriffen oder nur noch antiquarisch erhältlich.

Symbolfigur für **TREDITION CLASSICS** ist Johannes Gutenberg (1400 — 1468), der Erfinder des Buchdrucks mit Metalllettern und der Druckerpresse.

Mit der Buchreihe **TREDITION CLASSICS** verfolgt tredition das Ziel, tausende Klassiker der Weltliteratur verschiedener Sprachen wieder als gedruckte Bücher aufzulegen – und das weltweit!

Die Buchreihe dient zur Bewahrung der Literatur und Förderung der Kultur. Sie trägt so dazu bei, dass viele tausend Werke nicht in Vergessenheit geraten.

Der schwarze Gast

Ludwig Steub

Impressum

Autor: Ludwig Steub
Umschlagkonzept: toepferschumann, Berlin

Verlag: tredition GmbH, Hamburg
ISBN: 978-3-8472-7087-4
Printed in Germany

Ludwig Steub

Der schwarze Gast

Aus den Tagen der tirolischen Protestantenfrage

Jam jam clarescent puris
  aquilonibus alpes.

1863

Bist du, mein lieber deutscher Landsmann, schon einmal auf der Wassermauer zu Meran gesessen? Auf der breiten Wassermauer, wo du so angenehm lustwandeln und gegen die grauen Schlösser von Mais hinaufschauen magst und hinab gegen Löwenberg und gegen das Ultnertal und das rote Vorgebirg der Mendola, – wo du die Pracht des alten Paradieses nachgebildet wähnst und am stillen Morgen auch an seinen stillen Frieden und die süße melancholische Ruhe der Engel denken kannst? Wenn du dort gewesen bist, so hast du auch das Kirchlein Sankt Katharina in der Scharte wahrgenommen, hoch oben an der grünbelaubten Porphyrwand, auf welcher die letzten Strahlen ruhen, wenn die Sonne am Ortles untergeht. Es ist freilich ein mühseliger Pfad hinauf zu jener hirtlichen Flur, in der das uralte Kirchlein steht, wohl drei, vielleicht auch vier Stunden zu steigen, an dem stillen Gebirge empor; doch bist du oben reichlich belohnt, wenn du wieder in das alttirolische Eden hinuntersehen, und alle jene tausend Schönheiten, die der Schlenderer im Tale nur einzelnweise einzunehmen und abzugeben vermag, die Stadt und die zugewandten Dörfer, die Landsitze, die Türme und die Burgen, die Gärten und die Weingüter, die Wiesen und die Wälder, die weißen Ströme und die grünen Berge in einem großen entzückenden Bilde zusammenfassen kannst.

Und an einem der vergangenen Tage, an einem schönen Sommerabende, sah man von jener felsigen Bergzinne den felsigen Steg herab sich eine hohe Gestalt bewegen. Sie hüpfte zwar anfangs gelenkig von einem Steine zum andern, allein der Abend war warm, die Sonne schien noch mächtig auf den roten Porphyr, dieser strahlte ihre Hitze freigebig wieder aus, und auf den Zügen des Wanderers malte sich bald etliche Ungeduld. Es währte auch nicht mehr lange, bis er auf einem großen Felsblock, der etwas zur Seite lag, jedoch eine weitere Umsicht versprach, sein Augenmerk richtete und fast verdrießlich einen glücklichen Sprung hinauftat. Also stand er spähend auf dem moosigen Gestein, gewahrte aber leider, daß noch ein weiter Weg hinunter bis in den grünen Grund, wo die ersten Häuser von Mais in den Rebengezelten und unter Kastanienbäumen ersichtlich waren, und blickte niedergeschlagen auf die große Aufgabe, die ihm noch bevorstand. Endlich erhob er die Augen zum Himmel empor und flüsterte fast vorwurfsvoll: »So viel

Mühsal und Plage für meinen guten Willen! O, lieber Herrgott im Himmel oben! Du könntest wahrhaftig einen Lutheraner nicht mehr ausstehen lassen!«

Es wandte sich aber noch lange nicht zum Bessern – vielmehr schien der Pfad eher steiniger und steiler zu werden. Der Wanderer sprang wieder seufzend von einem Felsstück zum andern und stieß nicht selten schmerzlich an die rauhen Trümmer. Der Schweiß lief ihm rieselnd über die hohe Stirne und zuweilen stand er wieder stille, aufatmend und verstörten Blickes in die Tiefe starrend.

Endlich hatte er die sanften Halden von Mais erreicht und nun wankte er ganz erschöpft auf die nächsten Häuser zu. Er richtete seine Schritte gegen ein freundliches Gebäude, das unter den bescheidenen Bauernhöfen, die da und dort in den Weinbergen standen, sich als ein wohlgehaltenes Herrenhaus erhob. Eine gastliche Sommerbank stand vor dem Tore; dort sank er hin und fing den Kopf in die Hand gestützt zu brüten an.

Diese langersehnte Rast schien aber die schwarze Gestalt nach kurzer Weile sehr erquicklich zu finden. Nachgerade begann sie sogar in halblauten Tönen zu summen, vielmehr in heiterer Selbstironie nach bekannter Melodie zu singen: »O du liebe Glaubenseinheit!«

»Ja, ja,« sprach sie etwas später, »das Unterschreiben geht jetzt immer zäher; ist mir doch oft, als ob ich einen schweren Schubkarren den Brenner hinaufschieben müßte! In der ärmsten Hütte spürt man die Hand der verfluchten Freimaurer! Selbst unter den Haflinger Bauern dort oben ist schon das Unkraut aufgeschossen! Wie man sie anlügen muß, wenn man sie auf den rechten Weg bringen will! Verzeih' mir's, lieber Gott, es ist ja nur zu deiner Ehre! Hätt' ich ihnen nicht vorgehalten, wie die Lutheraner mit Weib und Kind schon an der Grenze liegen, siebenmal hunderttausend Mann stark, seit drei Wochen ohne Nahrung, die Freigeister dort oben hätten sich nicht einmal die Feder führen lassen! Und der schlechte Trunk dazu und das dürre Fleisch! Und jetzt lieg ich hier wie die Hagar in der Wüste, ganz verschmachtet, verhungert und verdurstet, und weit und breit kein Engel des Herrn und kein frisches Seidel und kein kaltes Hühnlein, wie ich's wohl verdient hätte, wenn noch eine Gerechtigkeit wäre auf dieser Welt!«

Nachdem die Gestalt diese Worte gesprochen, erhob sie ihr Haupt aus den Händen und betrachtete die herrliche Landschaft. Diese schien ihr zwar zu gefallen, aber doch auch eine finstere Ahnung zu erwecken. Endlich streckte sie die Hand gegen die Niederung aus und sprach in düsteren Lauten: »Hier ist sündhaft Land und schwerer Greuel! Du sitzest mit den Freimaurern zu Tisch, o Meran, und schwelgst mit den Ketzern! Zum ewigen Verderben hat dir Gott die schönen Tage und die süßen Trauben gegeben, dieweil sie die Ungläubigen herbeiziehen, wie das Licht die stechenden Fliegen. Schon einmal hat der stürzende Berg hier eine üppige Stadt bedeckt, wie Sodoma das Feuer, und vielleicht entbrennt der Zorn des Herrn zum zweiten Male! O, hätte ich nur deine feurige Zunge, du Kurat am obern Inn, um den entarteten Bürgern, wie du, von hoher Kanzel zuzurufen, daß jeder in der Hölle braten muß, der einem durstigen Ketzer ein Glas Wasser reicht!«

»Wirklich?« flötete da plötzlich eine süße, weiche Stimme und zugleich folgte ein leiser Schlag auf das Hütlein des Wanderers, so daß dieser sich fast erschrocken aufrichtete und schnell umgewendet in dem hohen Rundbogen über sich eine weibliche Gestalt erblickte, welche mit dem Füßchen auch das Gitter auseinander schob, das die untere Hälfte des Fensters verkleidet hatte, und so in voller Größe vor ihm stand. »Wirklich?« wiederholte die Stimme, »glaubst du wirklich, menschenfeindliches Pfäfflein, daß jeder in der Hölle braten muß, der einem Ketzer ein Glas Wasser reicht? Und das predigst du für den Gott der Liebe und in seinem Namen?«

Unser Wanderer stand in der ersten Überraschung sprachlos da, griff aber dann nach dem Hütlein und rief verlegen: »Sind Sie vielleicht eine Protestantin?«

Und zu dieser Weile wäre es wahrlich für den Liebhaber schneidender Gegensätze eine höchst anziehende Betrachtung gewesen, wie oben die weibliche Lichtgestalt, in weißes sommerliches Zeug gehüllt, schlank und schön, blondhaarig und sanft gerötet, schelmisch lächelnd und mit dem Finger drohend in dem Fensterbogen schwebte, während unten die schwarze Gestalt mit struppigen Augenbrauen, mit wenig Haaren und auch sonst nicht gar einnehmend, mit dem düstern spanischen Anstrich der Torquemada und aller jener seltsamen Gottesmänner ihr verblüfft und staunend gegenüberstand.

»Sind Sie vielleicht eine Protestantin?« hatte er soeben gefragt; sie aber sprang mit zierlichem Satze auf die Sommerbank und dann voll Anmut auf den Boden und sagte: »Mit Ihrer Frage, werter Fremdling, fängt man keine Bekanntschaft an. Aber was tun Sie hier in der unwirtlichen Gasse? Kommen Sie lieber herein unter unser gastliches Dach – ich will Ihnen ein Engel sein, wie er einst der Hagar erschien. Unser edelster Wein wird bald in schimmerndem Pokale vor Ihnen duften, und das kalte Hühnlein, das Sie in Ihren Gedanken wälzen, es ist schon bereit, sich Ihnen zum Genuß zu bieten.« Der schwarze Wanderer hatte unterdessen aus den Lauten der Sprache entnommen, daß das Mädchen in Norddeutschland zu Hause und es schien ihm daher sicher, daß sie eine Protestantin sei. Dieses schien ihm zwar sehr widerwärtig, aber zugleich meinte er zu finden, daß er einem so lieblichen Wesen mit so holdem Lächeln und so schönen Augen noch nie begegnet sei. Eine eigene Betroffenheit durchrieselte seine Adern – verschiedene Gefühle fuhren durcheinander. – Warum war sie denn gerade in jenem Augenblicke wie verklärt im Bogenfenster erschienen? War dies natürlich? Und warum war sie denn so anmutig und liebenswürdig, da sie doch nur einem notorischen Asketen erscheinen sollte, welcher längst mehr auf himmlische Schätze als auf irdische Reize zu achten pflegte. Konnte sie nicht eine Teufelin sein und das weiße Haus mit den grünen Jalousieläden nur der Eingang zu Frau Venusinens Berg? War dann eine schleunige Flucht nicht der beste Ausweg, um den höllischen Tücken zu entgehen? Aber die freundliche Zukunft mit dem edlen Wein und dem kalten Hühnlein – so verlockend, kaum von der Hand zu weisen – und doch so gefährlich?

Wäre die Gestalt in diesem Augenblicke noch ihm gegenübergestanden mit ihrem holden Lächeln und den schönen Augen, so wären diese Gedanken vielleicht alle vor ihr verdunstet, aber sie hatte sich schon abgewendet und in der Meinung, daß er ihr folgen werde, den kurzen Weg nach dem Tore des Hofes eingeschlagen. Da übermannten ihn seine Zweifel und er rief in großer Aufregung: »Bist du nicht ein Blendwerk der Hölle? ein wesenlos teuflisches Phantom? nur hergestellt, um meine Sinne zu verwirren und meine Einfalt zu Falle zu bringen? *Exorcizo te* –«

Bei diesen Worten hob er die Hand auf und begann seine Zeichen in der Luft zu machen, aber das blonde Mädchen mit den blauen Augen hatte sich rasch wieder umgewendet, fuhr mit ihrer Hand in die seinige und sprach lächelnd: »O, lassen Sie diese Zeremonien, hochwürdiger Teufelsbanner! denken Sie zuerst an die Pflicht der Selbsterhaltung und das Übrige wird sich finden!«

Als der schwarze Mann nun abermals in das rosige Gesicht sah und die weiche Hand fühlte, die sich um seine knöcherne schlang, rauschten wieder andere Gedanken durch seine Seele.

Er folgte, obwohl etwas verwirrt. – »Es ruft die Pflicht der Selbsterhaltung,« sprach die Stimme in seinem Innern. »Vielleicht ist's eine göttliche Fügung, vielleicht ist sie für die Wahrheit zu gewinnen! Welch herrliche Vergeltung für den Imbiß, den sie mir in Aussicht stellt«

Das Mädchen öffnete das Tor des Hofes und sie traten ein. »Nun schütteln Sie den Staub von den Füßen!« sprach jene. »Sie sind uns ein herzlich willkommener Gast!« Der Wanderer warf einen spähenden Blick in die Runde und gewahrte mit Vergnügen, wie sauber gehalten und wie niedlich geschmückt der Hofraum war. Unter der dämmernden Weinlaube, deren Trauben sich bereits zu färben begannen, standen zierliche Stühle um einen weißen Tisch, auf welchem etliche Büchlein in gleißendem Goldschnitt lagen. Zwischen der Laube und dem Hause mit den grünen Jalousien säuselten zwei alte mächtige Kastanienbäume, welche tiefen Schatten spendeten. Um ihre Füße schmiegten sich krause Moosbeete mit den lieblichsten Blumen. Zwischen den Bäumen erhob sich auch ein Brustbild aus weißem Schlanderer Marmor und stellte Ludwig Uhland dar. Es war mit frischen Kränzen geziert. Vor diesem Bilde zeigte sich ein Springbrunnen. Ein ehernes Meerfräulein hielt einen Delphin in der Hand, welcher einen glitzernden Wasserstrahl so hoch hinausschoß, daß er noch das Laub der Kastanienbäume benetzte. Unten im Becken schlängelten zahlreiche Goldfischlein umher. Die Wand des Hauses war bis ans Dach mit einem dichten Rebenteppich überzogen, aus welchem vielfarbige Winden ihre Kelche streckten. Unten an der Wand standen in langer Reihe allerhand Stauden, Rosen und andere Gewächse, einheimische und fremde, auch Myrten, Feigen- und Lorbeerbäume. Was kann nicht ein sinniger Gärtner schaffen in den milden Lüften und der warmen Sonne des Etschlandes!

»Hier wäre ein schöner Platz, um Predigten einzustudieren,« sagte der Wanderer, dessen Hand noch immer in der des Mädchens ruhte.

»Ja, Predigten,« erwiderte dieses, »um alle Landsleute einzuladen, damit sie hierherpilgern und dem lieben Gott danken, daß er den Deutschen noch dieses schöne Stücklein Erde gelassen. Doch kommen Sie!«

Sie gingen die steinerne Treppe hinauf, welche aus dem Garten in das Haus führte, und nachdem sie noch zwei oder drei Schritte getan, standen sie vor einer Zimmertüre, welche das Mädchen öffnete, indem es dabei freundlich sprach: »Hier herein, Hochwürden! nun verschwinden Sie eine kleine Weile und dann sehen wir uns wieder!«

Der hohe schwarze Mann mit dem spanischen Gesichte trat zögernd durch die Türe und verwunderte sich sehr, als diese hinter ihm zuging – ja im Beginne schien ihm der Vorfall wieder sehr unheimlich. »Bin ich hierher verlockt worden,« fragte er sich, »um da gefoltert zu werden für die Glaubenseinheit? Doch scheint das Gemach keine Marterkammer! In deine Hut, Schutzengel mein! –«

Aber diese Stimmung schlug schnell in eine angenehme Überraschung um. An dem hohen Bogenfenster erkannte er, daß das Gemach dasselbe sei, ans welchem die weiße Gestalt sich zu ihm herniedergelassen hatte; auf dem Tische aber lagen, schöner eingebunden, als er sie je gesehen, die Werke der berühmtesten Tiroler Schriftsteller, die Hymnen des ritterlichen Adolf Pichler, dessen Buch »Aus den Tiroler Bergen«, seine Gedichte und Tragödien, die Schriften Schülers, welche seine Freunde herausgegeben, die Studien eines Tirolers von Dr. Joseph Streiter, Bürgermeister zu Bozen, die Gedichte des göttlichen Beda Weber, Christian Schnellers melancholisches Idyll »am Alpsee«, Ignaz Zingerles Poesien, sowie auch seine mythologischen Schriften, die merkwürdige Untersuchung über »Psychische Zustände«, welche der Philosoph und Irrenhauskaplan Sebastian Ruf zu Hall ans Licht gestellt, verschiedene historische Werke von Albert Jäger, Rapp, Durig, Alfons Huber und andere, die den seinen Geistern dieses Landes entsprungen. An den Wänden aber hingen allerlei Bildnisse, gemalt, gezeichnet und aus der neuesten Kunst der Photographie hervorgegangen; in der Mitte des edlen Sandwirts Konterfei, oben von einem Lorbeerkranz gestreift, der von zwei kreuzweise gelegten Passeirer Stutzen herunterschwebte; neben den alten Büchsen zeigten sich auch zwei alte Tirolerfahnen, und über ihnen prangte mit ausgebreiteten Flügeln das Wappentier der gefürsteten Grafschaft, ein mächtiger Aar, der einst lebendig gewesen. Dem Sandwirt zur Seite erschien der verwegene Speckbacher und der rotbärtige Kapuziner Haspinger. Unter diesen waren in langer Reihe die neueren Männer des Landes zu sehen, die sich in allerlei Wissenschaft oder im öffentlichen Leben hervorgetan: Philipp Jakob Fallmerayer von Tschoetsch bei Brixen, der Fragmentist, seiner Landsleute Ärgernis und Bewunderung, der liebenswürdige, schon dahingegangene Schüler und der geistreiche Lentner, der, obwohl ein Bayer, sich doch gerne zu den Tirolern rechnete und jetzo nach mancher Unbill dort unten auf dem Meraner Kirchhof schläft.

Auch die Schriftsteller, deren Werke oben schon genannt, waren nicht vergessen und noch manche andere namhafte Männer, Staatsweise, Priester, Redner ihnen beigesellt. Bemerkenswert war auch, daß den Bildern eine frische Pflege gewidmet worden. Fast alle waren nämlich mit neuen Kränzen, Blumensträußen oder anderen Emblemen geziert. Des Fragmentisten Porträt umzog ein Kranz von pontischen Azaleen, wie sie einst vor seinen Augen im kolchischen Buschwald geblüht und mitten durch leuchtete, glänzend grün, eine Tirolische Stechpalme. Um Schulers und Lentners Häupter schlangen sich zierliche Gewinde von Vergißmeinnicht. Des Bürgermeisters von Bozen biderbes Gesicht war mit einer Runde von Ehrenpreis begabt. Über Pichlers bedeutenden Zügen erhob sich ein Strauß von Alpenrosen und Rittersporn. Christian Schneller, der kämpfende Dichter, der im welschen Roveredo die deutsche Ehre so tapfer zu wahren weiß, er zeigte sich mit Schwertlilien und Eisenhut geschmückt. Über Ignaz Zingerles Abbild erhob sich ein kleiner Efeustrauch, der vielleicht seine Vorliebe für poetische Ruinen und tirolisches Altertum andeuten sollte. Beda Weber führte als Emblem ein großes Weinlaub, aus welchem brennende Liebe emporblühte. Einige Porträts waren auch Gegenstand eines minder lieblichen Sinnspiels geworden; um etliche wüste Krakeeler und

Ketzerfresser waren Brennnesseln und dürre Dornenzweige gelegt, ja einer derselben war sogar von zwei großen Sträußen umrahmt, welche aus betäubendem Bilsenkraut geflochten waren.

Der schwarze Gast betrachtete neugierig diese Gestalten und suchte die ihnen beigegebenen Wahrzeichen zu deuten, lächelte auch manchmal, wenn er die Beziehung erraten zu haben glaubte, bis er endlich an jenes Bild geriet, welches wir zuletzt erwähnt. Er hatte aber seine Augen kaum darauf gerichtet, als er betroffen zurückprallte und ausrief: »Das bin ja ich! und wie komm' denn ich in dieses Haus und in das giftige Kraut hinein?«

Er stand noch in seinem Staunen, als es leise an der Türe klopfte und wieder ein Mädchen hereintrat, aber ein Obermaiser Mädchen von sehr angenehmer Gestalt, mit reichem dunklem Haare, durch dessen Wulst am Hinterköpfchen eine goldene Nadel gesteckt war. Das schwarzseidene Tuch, das um den leichtgebräunten Nacken lag, das schlanke Mieder von dunkler Purpurfarbe, der violbraune, zwar kurze, aber dicke Rock und die brennroten Strümpfe bezeugten einerseits, daß sie auf diesen Halden aufgewachsen sei, und vermehrten anderseits den eigentümlichen Reiz ihrer Erscheinung. Sie trug in der einen Hand eine große Wasserflasche und in der anderen ein Waschbecken von Porzellan; über dem Arme hing ein Handtuch, ein schneeweißes, gewaschenes Hemd und ein Paar feine Strümpfe.

Der schwarze Gast drehte sich rasch um, als er die Türe gehen hörte und verlor sich bald in die Betrachtung des ländlichen, aber feinen Mädchens, das ihn freundlich anblickte.

»Du bist eine echte Tiroler Gitsch,« rief er fröhlich aus, »du bist mein Schutzgeist, – jetzt will ich hören, wo ich bin und was das für ein verwunschenes Haus ist. Du bist von Obermais?«

»Ei jawohl und auf dem Hof geboren.«

»Und heißest?«

»Trinele.«

»Also Trinele, was habt ihr für Leute im Hause?«

»O, reiche Leute, sind schon im Herbst gekommen, den Winter hier gewesen und bleiben noch lang; haben Haus und Garten auf fünf Jahre in Zins genommen.«

»Und wo sind sie her?«

»Weit her, antwortete Trinele, indem sie mit der Hand gegen Norden deutete; »aber das Land kann ich nie nennen; es ist zu weit weg.«

»Wie schreiben sie sich denn?«

Sie nannte den Namen, welchen aber der Fragende noch nie gehört zu haben schien.

»Es ist ein Vater, eine Mutter und eine Tochter!« fügte Trinele ergänzend bei.

»Wie heißt denn die Tochter?«

»Thusnelda.«

»Na, wie die Leute ihre Kinder taufen! daß gar keine Heilige im Himmel ist!«

»O, die kommt schon selber hinein, weil sie gar so viel brav ist – eine muß doch den Anfang machen.«

»Was haben sie aber für einen Glauben?« fragte der schwarze Gast.

»Das weiß ich nicht; sie reden nicht davon.«

»Gehen sie in die Kirche?«

»Ja, am Sonntag gehen sie in die Kirche, in die Predigt.«

»Aha, die heuchlerischen Freimaurer! Nehmen sie den Weihbrunnen? Halten sie den Fasttag? Gehen sie zur Beichte?«

»Ich glaube nicht,« sagte Trinele zögernd, »ich habe sie nie gehen sehen.«

»Da haben wir's!« rief der schwarze Gast mit erhobener Stimme, »jetzt ist's heraußen, Trinele! Ihr habt Protestanten im Haus, Lutheraner, Ketzer, bei euch ist der Unglaube eingezogen, der Tod und die Verdammnis!«

»Das wär' verdrießlich!« sagte Trinele kopfschüttelnd.

»Sie müssen gleich aus dem Hause –«

»Ja, aber vorher muß ich das Abendessen austragen!« sprach das Mädchen mit schalkhaftem Lächeln. »Ein kaltes Hühnlein, eine Flasche Terlaner – Hochwürden sind auch geladen –«

»Ja so – o hinfällige Natur des Menschen!« seufzte der schwarze Gast und rieb sich jenseits der Stirne in den letzten Locken. »Nein, Trinele, laß uns nicht durch Übereilung sündigen. Aber morgen früh gehst du hin und sagst ihnen frei heraus, daß sie verdammte Ketzer seien, daß sie fort müssen auf der Stelle, und wenn sie nicht gehen –«

»Das wäre niederträchtig!« fiel Trinele entrüstet ein. »Das Haus war ganz verfallen und sie haben's wieder herrichten lassen und den Garten auch; haben den Zins auf drei Jahre vorausbezahlt, weil wir's so nötig gehabt.«

»Könnt ihr denn das Sündengeld nicht zurückgeben?«

»Wenn einmal zehn Jahre Traubenkrankheit im Lande ist, dann weiß man schon, wie da der Bauer steht. Vom Zurückgeben ist keine Rede ... Außer Sie, wenn es spendieren möchten. Hochwürdiger!« fügte sie schelmisch hinzu.

»O Jerum!« erwiderte der schwarze Gast, indem er beide Hände ablehnend ausstreckte. »Wie's dir nur einfallt, Madele!«

Etwas abgekühlt ging er an das Bogenfenster und blickte sinnend in die Landschaft hinaus. Halblaut sprach er dort für sich: »Überall stoß' ich doch auf die Pforten der Hölle! Traurig, wenn wir zwischen der Wahrheit und der Lüge nicht einmal Unfrieden stiften können und sie ruhig bei einander lassen müssen. Doch wird nichts übrig bleiben, als den Abendimbiß, wie ich mir selber schuldig bin, einzunehmen und dann wieder fort, ohne gewirkt zu haben – wenn nicht vielleicht die Bekehrung der Tochter gelingt.«

Trinele hatte unterdessen die Wasserflasche und das Becken auf den Tisch gestellt, das Handtuch, das schneeweiße Hemd und die feinen Strümpfe über die Lehne des Divans gebreitet und auch einen Kamm dazu gelegt. Sie wollte eben wieder hinausgehen, als der schwarze Gast hastig auf sie zukam, einen Bogen Papier aus der Tasche zog, ihre Hand ergriff und mit bewegter Stimme rief: »Halt,

Trinele, liebes Trinele, geh' nicht so schnell davon! Ganz darf der Abend nicht verloren sein!«

Er nahm aber alsbald wahr, daß die zierliche Maid jetzt scheu zurücktrat und daß die Bewegung, die ihn selber erfaßt, auch sie unruhig machte. Er suchte daher in eine leichtere Tonart überzugehen, wobei er sie milde in die jungfräulichen Wangen kneipte und lächelnd sprach:

»Ach, 's ist nichts Wichtiges, lei so eine kleine Gefälligkeit um Gottes willen. Siehst du, Trinele, du Kind, du liebs, da hätt' ich jetzt so einen Bogen Papier und da solltest du halt deinen tugendhaften Namen hinschreiben, lei so hinpenseln, ganz kommod –«

»Ich unterschreiben?« fragte das Mädchen, das sehr bedenklich zu werden schien.

»Ja, und dein Vater – lebt er noch?«

»Nein, der ist schon gestorben –«

»Nun, desto besser, nachher unterschreibst auch gleich für deinen Vater seligen, 's ist ihm gewiß ganz recht – machst drei Kreuzeln hin – tröst' ihn der liebe Gott.«

»Ja! aber was soll ich denn unterschreiben?«

»O mein Trinele, dieser Fürwitz geht weit über deinen Verstand. Wo so viele brave Christenleute und so viele geistliche Herren ihren ehrlichen Namen hinsetzen, da kannst du den deinigen auch aufmalen.«

Der schwarze Gast hatte dabei nicht unterlassen, auch das Kinn des Mädchens im Interesse der Glaubenseinheit liebevoll zu streicheln und ihr zuletzt sogar, um sie noch kräftiger zum Guten zu führen, den Arm steuernd um den schlanken Leib gelegt.

»Hochwürdiger,« rief aber Trinele, indem sie sich dem steuernden Arme unwillig entwand, »jetzt wird's mir erst verdächtig, weil Sie gar so freundlich tun – das ist gewiß dieselbige Schrift, die man jetzt so herumtragt und die dummen Leute so plagt damit – daß die Protestanten im Land keine Güter haben sollen. – Ja, tuet sie nur recht ärgern, daß alle wieder davongehen, die letzte Hilfe in der letzten Not! So gut wie ich hat's kein Bauernmädel im ganzen Land – kein böses Wörtel, seit die Herrschaft da ist und bin doch so unge-

schickt – und das saubere Gewand haben sie mir auch geschafft –
und wenn ein Armes daherkommt, tun sie die Hand gar weit auf –
und die Mutter betet alle Tage einen Rosenkranz für die fremden
Leute, denn, wenn sie nicht geholfen hätten, wo wären wir hingekommen? Ist's Gericht schon dagewesen mit der Pfändung! Und
jetzt leben wir ohne Sorgen und so fein! Ja, unterschreiben! Zerrei-
ßen tät ich ihn lieber, den elenden Plunder!«

Der schwarze Gast war tief betroffen von diesen Reden des einfa-
chen Mädchens. Der schöne Zorn der Dankbarkeit, der aus ihren
Augen funkelte, hatte ihn entwaffnet. Er ließ sich auf den weichen
Diwan nieder und sprach trübsinnig: »Wehe, wehe! Trinele, du bist
unter die Freimaurer gegangen und du bist verdammt!«

»Lassen Sie die Schnacken, Hochwürdiger,« sagte dagegen das
Mädchen mit fester Stimme, »der liebe Gott kann mich verdammen,
aber Sie nicht!«

Obgleich diese Unterscheidung kaum zu vertreten sein dürfte, so
fand der Unbekannte jetzt doch nicht für gut, sie weiter zu erörtern.
Er versank vielmehr in ein düsteres Nachdenken, während Trinele
ihm ebenso schweigsam gegenüberstand, gleich als dürfte sie nicht
aus der Stube gehen, ehe er ein letztes Wort gesagt.

Unter ihren sanften Blicken schien sich aber auch das Gesicht des
Fremden allmählich zu erheitern. Endlich sprach er versöhnlich:

»Nu, Trinele, wenn du Zeit hast, so fangen wir lieber wieder von
vorn an – das heißt bei deinen Hausleuten – und was sie für ein
Leben führen. Was bedeutet denn zum Beispiel dieses Zimmer da
und die Porträts und das alles?«

»Ja,« sagte Trinele ganz freudig über den wiederhergestellten
Frieden, »das ist so das Lieblingszimmer von der Tochter. Da liest
und schreibt sie und schaut zum Fenster hinaus und spielt auf der
Zither. Das heißt sie auch die Ehrenhalle von Tirol. Sie ist gar so viel
narret für dies Tirol und gefallt ihr alles so gut in dem Landel. Da
hat sie die Bilder zusammengehängt und etwa alle Wochen gibt sie
ihnen frische Sträußeln – heißt das denen, die sie gern hat. Heut
früh aber ist sie gar fleißig gewesen, hat fast alles verziert – da hat
jeder seinen Teil gekriegt; die Rosen und die Vergißmeinnicht und
die schönen Blümlein, hat sie gesagt, die sind für die braven, aber

die mit den Brennesseln und Dornen, die sind nichts nutz und haben sich schlecht aufgeführt. Der dort hinten mit dem Bilsenkraut, das ist gar ein letzer; dem steht dies Kraut am besten, sagt sie, weil es so viel dumm macht.«

Das Maiser Trinele konnte die letzten Worte ganz unbefangen herausplaudern, denn sie hatte das Bild, das sie wenig anzog, nie scharf betrachtet und ahnte daher nicht, daß der rechtmäßige Besitzer jener Züge sich gerade jetzt vor ihren Augen befand. Dieser aber schien den Gegenstand für erschöpft zu halten und fing bald wieder also an:

»Nun gut! jetzt möcht ich nur noch wissen, für wen ist denn das Zeug da, das du gerad' hereingetragen hast?«

»Nu, 's Fräulein hat nur gesagt, ich soll's hereintragen; ich dächte wohl für Sie – zum Waschen.«

»Da sieht man wieder die lutherische Üppigkeit!« sagte der schwarze Gast, »ans Waschen hätte ich heut nimmer gedacht. Und das Hemd und die Strümpfe?«

»Wohl auch für Sie, Hochwürdiger. Sie haben ja nichts bei sich.«

»Ja, leider!« meine schmutzige Wäsche hab' ich alle beim Graf Brandis in Lana gelassen – habe gemeint, ich komme heut wieder zurück –«

Da erscholl aber unten im Garten eine Glocke und Trinele drehte sich eilig nach der Türe und ging hinaus mit den Worten: »Jetzt muß ich zum Abend auftragen – machen Sie nur, daß Sie bald fertig werden.«

Der Unbekannte übergab sich nun der ihm so freundlich zugemuteten Reinigung, bei deren Einzelnheiten wir ihn jedoch nicht weiter begleiten wollen.

Endlich stand er fertig da, fast größer und schöner, schien es, als vorher, wie die Helden der Odyssee, wenn sie aus dem Bade steigen. Mit Wohlbehagen besah er sich in Thusneldens Spiegel und fand, daß das neugekämmte Haar und das aufgefrischte Antlitz das vom Staub des Wegs befreit war, und das protestantische, schneeweiße Hemd sich zu einem Ganzen zusammenfanden, dem er selbst eine gewisse Eleganz nicht absprechen konnte. Und während er sich so betrachtete, flog plötzlich ein Röschen herein in das Zimmer, welches seine Nasenspitze schmerzlos streifte, und als er, dem Entsender nachspähend, zum andern Fenster, das gegen den Garten ging, hinausblickte, lachte Fräulein Thusnelda herauf und fragte weiter: »Wo bleiben Sie denn, Hochwürden? Der Terlaner und das kalte Hühnlein! Und wie schön Sie geworden!«

Der schwarze Gast winkte beifällig hinunter und versprach sogleich zu folgen. Er hob das Röslein auf und legte es über's Ohr, sprang dann über die steinerne Treppe in den Garten und eilte dem Fräulein entgegen, welches ihn mit demselben einnehmenden Lächeln begrüßte, wie vorher, als sie ihm unter dem Bogenfenster erschienen war.

»Wahrhaftig, Hochwürden,« sprach sie scherzend, »Sie lohnen jede Mühe, die man an Sie wendet. Wie stattlich Sie nun aussehen! ja fast wie ein gebildeter Mensch! Doch schläft in Ihnen noch ein strammes Kirchenlicht, wie es unsere Zeit bedarf – auf Ihrer Stirne vermählen sich das Wohlwollen, die Güte, die himmlische Charitas mit dem dämonischen Zorn und der heiligen Wut in Sachen Gottes. Die Härchen, die da aus Ihren Nüstern stechen, mahnen mich an die Zündhölzchen, mit denen man die Scheiterhaufen für die Ketzer anbrennt!«

»Einige wenige Achtung glaube ich doch schon ansprechen zu dürfen,« sagte der schwarze Gast empfindlich. »Mein Name gilt im Lande so viel als ein Programm. Ich wäre im Stande –«

»Ach nun, da sieht man wieder wie ihr seid! Eurer Tausende schimpfen und poltern täglich von allen Kanzeln über uns, wo niemand widersprechen kann, und wenn so ein unschädliches Mädchen, wie ich, sich einmal ein bißchen vergißt, dann kommt ihr gleich aus dem Texte. Nu aber, lieber schwarzer Gast, lieber Negro, von jetzt an geben Sie sich, ich bitte, den sanftesten Gefühlen hin – wir freuen uns herzlich, Sie bei uns zu haben. Sehen Sie, hier ist Papa! Liest eben in Topomayrs Mann von Rinn – wir sind alle Tirolomanen – dort unter der Laube dämmert Mama, liest in Pius Zingerles Gedichten – Pius Zingerle, kennen Sie ihn, den Rektor zu Meran, das beste Tirolerherz, das es gibt! Dem könnte ich alle acht Tage beichten und ihn um seinen Segen bitten – schimpft der auch über uns?«

»Jetzt fangen Sie schon wieder an,« sagte der Fremde verdrießlich.

»Ach ja, ich weiß auch gar nicht, wie ich bin – ich will Ihnen eigentlich nur die Zeit vertreiben und Ihre gedankenvolle Stirne entrunzeln. – Aber kommen Sie näher heran zu unserm guten Papa – Väterchen, hier schlag' ein und empfang' ihn freundlich, unsern liebenswürdigen Fremdling, der, wenn nicht alle Physiognomik täuscht, eine tirolische Zelebrität vom ersten Rang sein muß. – – Da, Väterchen, nimm ihn hin, den Edlen, und behandle ihn nach deiner Sitten Lieblichkeit. – Ade – über eine kleine Weile. –«

Damit eilte sie um die Ecke und war verschwunden, während der Vater, der neben Uhlands Bild in einem Gartenstuhle der Lektüre gepflogen hatte, sich artig erhob, um dem Gaste die Hand zu geben.

»Dem Mädchen,« sprach er, »haben die Tiroler Lüfte fast zu gut getan. Wenigstens die Landeskinder sollten sie entschuldigen, wenn sie zu mutwillig ist. Sie ist es erst auf Ihrem Boden geworden. Kam krank und schwach hierher und hat sich nun ganz ausgeheilt. Sie schwärmt aber auch für Tirol und namentlich für das Volk, das sie hier im Burggrafenamt gefunden.«

»Ja, da darf man auch schwärmen,« sagte der Gast. »Was diese Leute beten und opfern und wie fleißig sie in die Kirche gehen und Umgänge halten und tagelang Wallfahrten und die vielen Feiertage! – da geht das halbe Leben drauf. Es ist wirklich rührend und man muß sie gern haben.«

»Gewiß! wer sollte ihn auch nicht lieben,« fuhr der Vater fort, »diesen echtdeutschen Stamm? Wie anziehend sind seine bäurischen Helden in ihrer Einfalt und in ihrer Kraft? Wie gerne lausch' ich, wenn die alten, eisgrauen Männer von ihrem Andreas Hofer erzählen! Hier lese ich eben eine Schrift über Speckbacher – welch' selt'ner Mensch!«

»Ein Buch über den Speckbacher?« sagte der Gast neugierig, während ihm der Hauswirt den Titel hinreichte, »Hab' noch nicht Zeit gehabt. Kommen so viele Bücher heraus – man wird nicht fertig.«

»Auch meine Frau kennt alle Ihre Dichter und widmet ihnen manches Stündchen – sie wird sich freuen, Sie zu sehen.«

Sie gingen nun in die nahe Laube, wo sie eine Dame fanden, die sehr eifrig in einem kleinen Büchlein gelesen hatte.

»Else, hier der Gast, den uns Thusnelde zugeführt – zurzeit noch unbekannt, aber gewiß nicht unwillkommen.«

Die stattliche Frau reichte ihm aufstehend die Hand und sagte: »Wir haben seit vierzehn Tagen keinen Besuch gehabt, darum begrüße ich Sie um so herzlicher. – Es ist immer ein Festtag, wenn ein freundliches Menschenbild unsere Einsamkeit betritt. Aber gerade aus Ihrem ehrwürdigen Stande kömmt niemand her, als zuweilen der gute Rektor von Meran, der jetzt leider bald nach Rom gehen wird. Es wäre uns wohl lieb, solche Männer öfter zu sehen – es würde vielleicht manches Vorurteil schwinden.«

»Vorurteil?« unterbrach der Unbekannte stutzig. »Wir glauben nur, was unsere heilige Kirche lehrt und das sind keine Vorurteile.«

»Ach ja, wir wissen wohl,« entgegnete Frau Else, »daß man sich immer hinter den Altar versteckt. Doch lassen Sie uns jetzt darüber schweigen und lieber in Eintracht zum Imbiß gehen. Sie sind wohl müde und werden sich nach Erquickung sehnen.«

Frau Else ging leitend voran und eine Treppe hinauf, welche zu einem kleinen Antritt führte, wo sie an milden Abenden zu verweilen pflegten. Es war ein wunderschönes Örtlein! Der Blick ging über die grüne Höhe von Mais, unter der die verschüttete Römerstadt begraben liegt, und über ihre Burgen und Schlösser hinab bis an die alte und ruhmreiche Stadt Meran, deren vielstimmiges Geläute oft wie aus versunkener Feenwelt heraufklang, bis hinauf nach Partschins, wo die weiße Etsch aus dem Binstgau springt, bis hinüber an die Berge, die über dem märchenhaften Schloß Tirol aufsteigen. Und auch alle die anderen hohen Häupter, welche diese Landschaft als ehrwürdige Wächter hüten, waren von da aus gar schön zu betrachten.

Hier oben fanden sich aber auch Thusnelde und das Trinele von Obermais und waren beide beschäftigt, dem gastlichen Tische die letzte Zier und Ehre anzutun. Beide stellten eben in niedlichen Gefäßen duftende Blumensträuße auf und lachten sich dabei ganz freundlich an, gerade wie zwei Schwestern, die sich lieben.

Aber es war nicht allein der verwehende Duft der Blumen, was den schwarzen Gast erquickte, sondern auch der erhebende Anblick einer reichbesetzten Tafel, die sich ihm zu Ehren in ein festliches Gewand gekleidet zu haben schien. Die feine damaskierte Leinwand und die schönen Schüsseln darauf, das schon mehrfach erwähnte Hühnchen, das sich aber vervielfältigt hatte, der rosenrote Schinken, die saftige Rindszunge, die italienischen Würste, die mittelländischen Sardellen, die frische Butter, der Käse von Emmental, die leckeren Früchte und die hochaufragenden Weinflaschen – wie beseligend schien ihm ihre vereinte Kraft! Es war der Augenblick gekommen, den er schon lange erwünscht hatte!

»Sie kennen unsere paradiesische Gegend?« fragte der Vater und erhob die Hand, um dem Gast ihre Schönheiten zu zeigen »Dort oben, sehen Sie, auf dem grünen Vorsprung, dort liegt Fragsburg, die stolze Feste–«

»Ja, ja, ich glaub's schon,« fiel hier der müde Wanderer ein, »davon reden wir aber lieber später.« Und indem er einen vielsagenden Blick auf die offenliegenden Tafelschätze warf, fuhr er mit vergnügtem Lächeln fort:

»Die allernächste Gegend scheint mir jetzt die schönste. Wenn Sie erlauben, setz' ich mich nieder und greife zu.

Die andern lächelten ebenfalls, folgten fröhlich seinem Beispiele und also begann der abendliche Imbiß. Trinele ging ab und zu und wartete auf, voll Fleiß und mit artigen Manieren.

Möchte vielleicht ein Leser fragen, wie sich denn das Elternpaar nach seiner äußeren Erscheinung dargestellt habe, so wäre zu melden, daß Papa ein rüstiger wohlgenährter Mann von etlichen sechzig Jahren war, mit einem feinen, angenehm geröteten Gesichte, welches auf Wohlwollen und Menschenliebe deutete. Weiche, weiße, gelockte Haare umgaben eine klare schöne Stirne, in welche weder Not noch Leidenschaft je eine Runzel gedrückt. Die stattliche Mutter konnte etwa um zehn Jahre jünger sein. Ihre sanften Züge verrieten, daß sie in dem Gatten eher eine geistige Wahlverwandtschaft als einen interessanten Gegensatz gesucht und daß Verträglichkeit und Milde ihr über alle Tugenden gingen, welche sonst an deutschen Frauen gerühmt werden. Der unbekannte Gast ließ seine Augen gern auf ihren Gestalten ruhen. Wenn er auch Thusnelden gerade jetzt nicht ohne alle Rachegedanken betrachten konnte, so schien ihm doch die kleine Gesellschaft einen angenehmen Eindruck zu gewähren und er gestand sich selber, daß er auf seinen Apostelreisen, in den andächtigsten Häusern zu Brixen, zu Bozen und zu Kaltern kaum ein Familienkleeblatt gefunden habe, welches bei aller Ungezwungenheit doch so viel feine Bildung und freundliche Würde an den Tag zu legen wußte.

Nun begann aber der Vater also zu reden:

»Schon zu den Zeiten des alten Homers war es Sitte, jeden Ankömmling vor allem zu fragen, wer und woher er sei, wo seine Vaterstadt und seine Eltern. Es spricht sich auch wirklich leichter, wenn wir des andern Natur und Wesenheit, Geschichte und Verdienst erfahren und dadurch erkennen, welche Saiten auf seiner Lebensleier am reinsten klingen und welche andern etwa verstimmt und zu schonen sind. Allerdings hätte nun unser lieber Gast das erste Wort, auch sind wir nicht ohne Neugier zu erfahren, wer er ist und wo seine Heimat; allein da wir wenigstens wissen, daß er diesem Land entsprossen, wahrend ihm unsere Herkunft unbekannt, so dürfen wir wohl, um eine gewisse Gleichheit herzustellen, ihm vorangehen und mitteilen, daß wir aus Norddeutschland, aus Friesland, gekommen sind.«

»Ja, *eala frya Fresena*,« rief Thusnelde fröhlich aus, »ich bin eine freie Friesin, am Meeresstrand geboren, am Ufer der Nordsee, auf der die Angelsachsen fuhren, als sie die Freiheit nach England brachten, und die Normannen, als sie vor der Knechtschaft flohen und in Island eine Heimat suchten.«

»Dort in Friesland,« fuhr der Vater fort, »habe ich lange Zeit als Arzt gelebt, bin aber voriges Jahr mit Frau und Tochter nach Süddeutschland gezogen, weil uns eine eigene Sehnsucht nach milderen Himmelsstrichen keine Ruhe mehr ließ. Auch Thusneldens Gesundheit schien den Aufenthalt in wärmeren Lüften zu erfordern. So kamen wir zuerst nach München, dann in die Schweiz und später nach Nordtirol, wo wir da und dort etliche Wochen verweilten, um zuletzt hier auf einige Jahre vor Anker zu gehen. Und wir fühlen uns sehr glücklich in dieser Idylle! Die Witwe dort in dem Hinterhäuschen, der der Hof gehört, hat durch die lange Traubenkrankheit sehr gelitten und ist ungemein dankbar für die kleine

Hilfe, die wir ihr gewähren. Trinele ist meiner Tochter Freundin geworden, und ihr Bruder, ein hübscher Junge, besorgt den Garten und zeigt sich sehr gelehrig dabei. Ich habe immer viele Freude an Blumen gehabt, verlege mich gerne auf ihre Pflege, und hier gedeiht mir alles nach Wunsch. So leben wir in Frieden dahin und danken Gott, daß er uns hierher geführt.«

»Und nun kommen Sie an die Reihe,« fiel da Thusnelde ein, »Sie, Herr Gast! Aller Augen sind auf Sie gerichtet und alle Ohren hängen an Ihrem Munde!«

»Ich bin eigentlich Professor zu **,« hob der Gast an, »und heiße **«.

»Ah, das läßt sich hören,« sagte Thusnelde, »ich liebe alle Professoren. Und nun auf einer Reise im Etschland begriffen?«

»'s sell wohl –«

»Und heute schon da oben gewesen, in Mölten, in Hafling?«

»Wird schon sein.«

»Vielleicht auf wissenschaftlichen Untersuchungen?« fragte die Mutter, »Blumen gesammelt, Steine geklopft?«

»Nein, 's sell nit.«

»Also etwas anderes!« sagte Thusnelde schelmisch. »Vielleicht ethnographische Studien gemacht? Daherum soll ja nach Herrn von Goldrainer eine mongolische Rasse sein. Haben Sie keinen fossilen Mongolenschädel in der Westentasche?«

»'s sell wieder nit –«

»Sie wollen uns den Zweck nicht sagen?« meinte die Mutter.

»Ich bin eigentlich nur hinaufgegangen, weil ich nie oben gewesen bin!« sagte der Professor etwas verlegen.

»Das ist Scherz,« fiel Thusnelde lachend ein, »ich weiß ja alles. Sie haben wirklich gesammelt –«

»Und was denn?« fragte die Mutter.

»Unterschriften!« antwortete die Tochter.

»Zu einem gemeinnützigen Zwecke?« fragte der Vater. »Ach ja, zu einem sehr nützlichen Unternehmen. Er geht im ganzen Lande als Hephästos mit dem Blasebalg herum und will aus diesem Bollwerk Deutschlands einen glühenden Krater machen, der uns als vulkanische Blöcke weit in die Lüfte schleudern soll, auf daß wir anderswo wieder herunterfallen und zeitlebens auf einem Beine hinken, zur ewigen Erinnerung an dies gastliche Tirol.«

»Thusnelde,« sagte der Vater warnend, »nimm dich in acht! Aber sammeln Sie wirklich Unterschriften?«

»Nu ja, so nebenher, so ab und zu!« sagte der Gast achselzuckend. »Bedeutet nicht viel.«

»Nu, nu, nur nicht zu bescheiden!« rief Thusnelde. »Sie haben ja Ihre Werbetrommel selbst in unserem Haus gerührt. Unser Trinele sollte auch unterschreiben, hat sich aber der Versuchung glücklich entzogen.«

»Aber diese Beschuldigungen, Herr Professor!« sagte die Mutter lächelnd. »Was ist es denn? Einige Aufklärungen dürften wir doch erwarten –«

»Himmelherrgottkreuztausend –!« rief hier der schwarze Gast und blickte mit lodernden Augen um sich her. »Wenn man so gepeinigt wird, heißt es seinen Glauben bekennen. Ja, ich habe gesammelt, Unterschriften gegen die Niederlassung der Protestanten –«

Dabei führte er einen Faustschlag in den Tisch, wie man seinem Kaiser einen angedroht hatte, so daß die Schüsseln und die Flaschen erbidmeten und sich ein großer Lärm erhob.

In demselben Augenblicke stand aber auch schon Josele an dem Tisch, der junge Gärtner, der in der Nähe beschäftigt gewesen und, als er den furchtbaren Fluch gehört, der Meinung war, es drohe seiner Herrschaft irgendeine schwere Gefahr, die er abzuwenden berufen sei.

»Hab' lei gemeint,« sagt er, »es hat sich so ein Zoche daher verrennt, den man epper ausjagen müßte.«

Thusnelde lachte aus vollem Herzen und klatschte mit den Händen den entschiedensten Beifall.

»Ne,« sprach sie, »das ist himmlisch! Das kann man nur hier erleben! Aber, Hochwürden, sehen Sie nur den Josele an, diesen prächtigen Kerl mit den langen Wimpern und den schönen Augen in ihrem melancholischen Schmelz! Und die reichen dunkeln Locken, und die braune Meranerjoppe und den roten Aufschlag daran! Das ist der interessanteste Junge, den ich je gesehen. – Aber, Josele, sei gut, es war nur so ein theologisches Gepolter, das sich ohne Unheil entladen hat. Doch komm' her, mein Retter, darffst mir die Hand küssen, weil du so tapfer für uns fechten wolltest!«

Josele war gar nicht scheu, sondern nahm das kleine Händchen und drückte mit bäuerlichem Anstand einen Kuß darauf.

»Ist grad zu wissen,« sagte er ruhig, »daß ich lei da unten bin, wenn epper eppes passieren möchte.«

»Wundervoll!« rief Thusnelde aus, »er fürchtet noch immer für unser Leben! Aber ich muß ihm wirklich einen Flügel von Ihrem Hühnchen geben, Hochwürden, denn Sie beide teilen sich doch in die Ehre des Abends.« Damit schnitt sie ein Stück von dem besagten Geflügel ab und gab es dem Jungen mit einem freundlichen Winke, den er erwiderte. Auch von dem Terlaner schenkte sie ein und ließ ihn aus ihrem Glase trinken. Darauf ging er.

»Sie müssen wissen, mein lieber Nero,« sagte sie noch immer lachend, »Josele ist eigentlich meine erste Liebe. Wenn es die Eltern erlaubten, würd' ich mich heute noch erklären.«

»Aber Thusnelde,« sprach die Mutter mit Ernst, »ich kenne dich gar nicht mehr. Du bist ja so ausgelassen!«

»Ach was,« erwiderte diese, »es ist auch nicht alle Tage so lustig, wie heut. Und wer kann denn wissen, wie ich mit Josele führe? Eine gemischte Ehe – das hätte einen eigenen Reiz für mich. Diese tiefsinnigen Zwiegespräche über Erbsünde, Rechtfertigung, Gnadenwahl und so weiter! In drei Wochen, fürchte ich, hätte er mich bekehrt.«

Der alte Herr hatte diesen Reden bisher ruhig zugehört, begann nun aber nicht ohne leise Ironie, indem er sein Mützchen wie aus Verehrung lüftete:

»Also einer jener feurigen Apostel, welche die Adressen von den Weinlauben des Tales bis an den Rand der Gletscher hinauftragen! Haben Sie heute gute Geschäfte gemacht?«

»Mitterlich,« sagte der Apostel, »der Teufel hat schon fast die Oberhand.«

»Also tut der liebe Gott seine Schuldigkeit nicht mehr?«

»Weiß nicht, ob er uns diesmal noch herausreißt. Verdient hätten wir's wohl – wir armen Häuter.«

»Das Verständnis für ihre Bemühungen scheint noch nicht überall aufgegangen.«

»Ja, die Dummheit ist groß im Lande,« sagte der Sendbote seufzend und tat zum Troste einen guten Trunk.

»Und sie bleibt immer ein unzuverlässiger Bundesgenosse–«

»'s ist wirklich wahr – – jetzt, wo man die Bauern seit unfürdenklicher Zeit wie die Schäflein vor sich hergetrieben – auf einmal reißen sie aus, wollen nichts mehr wissen, sagen, sie könnten nicht schreiben, und verweigern selbst das Handzeichen.«

»Traurige Verblendung! und doch weiß man ihnen die Sache so harmlos darzustellen. Welche Wendung haben Sie dort oben wohl gewählt, Herr Professor? Sagten Sie, es sei gegen eine Vereinigung mit Vorarlberg oder gegen die Einziehung geistlicher Güter oder für die Entlassung des Herrn von Schmerling?«

»Wendung gewählt?« fragte der Professor. »Das versteh' ich nicht.«

»Nu, 's ist doch bekannt, daß man die Leute nicht beunruhigen will, daß man nur den wenigsten verrät, was sie eigentlich unterschreiben sollen –.«

»Wer behauptet das?«

»Wenn wir's nicht aus den Zeitungen wüßten, wenn wir's nicht tagtäglich hörten –.«

»Haben Sie denn nicht,« fuhr der schwarze Gast auf, »die Ausschreibung gelesen und wie der Graf Brandis und der Herr di Pauli und der berühmte Cathrein vom Imst der Welt zu wissen tun, daß alles nicht wahr ist?«

»Ei was,« antwortete Thusnelde, »wenn unser Trinele spricht, dann hört man nicht mehr auf solche Herren.«

Das Maiser Trinele, welches eben dem Professor das Glas auffüllte, winkte zwar mit der Hand und mit den Augen, aber ihre Freundin war heute abend in so guter Laune, daß sie von Schonung und Schweigen durchaus nichts wissen wollte.

»Ja, Herr Apostel,« fuhr sie fort, »nicht einmal unser Trinele hat man wissen lassen wollen, was sie unterschreiben sollte – es ginge weit über ihren Verstand. Ist doch das gescheiteste Dirnlein in ganz Obermais, und über den Kaptus der Haflinger Bauern ragt sie hinaus wie ein geistiger Chimborasso.«

Der Sendbote schwieg bei diesen Enthüllungen und lispelte verzagt in seinen Becher hinein: »Will denn dieser Kelch nicht von mir weichen!«

»So sagen Sie doch,« sprach aber der Vater, »gegen wen geht denn die Hetze?«

»Gegen den Schmerling geht sie nicht –.« »Also vielleicht gegen eine Vereinigung mit Vorarlberg? Das wäre auch wirklich eine Mißheirat. Dort fehlt jener verdienstvolle Adel, der Tirol so beneidenswert macht, und wie selbst die jüngsten Tage zeigten, ist der Klerus in weltlichen Dingen fast ohne Einfluß.[1] Manches, was hier an Zeit und Geld auf Andachten, Messen und Hochämter, wird dort auf Unterricht und Bildung verwendet. Es ist ein kritisches Völklein, und was den politischen Fortschritt betrifft, so fängt ein Ortsvorsteher im Bregenzerwald ungefähr da an, wo Ihr Haßlwanter aufhört. Fleiß, Industrie und Handel verbreiten allenthalben Wohlstand. Die Alpenwirtschaft ist in der Blüte und gibt erheblichen Nutzen; ihre Fabriken führen weltmännische Formen herbei. Ja, wer dies altertümliche Tirol für das Lieblingsland des Herrn ansieht, der wird jenes neue, reinliche, strebsame Ländchen nur mit Argwohn betrachten können. Meiden Sie daher jede nähere Verbin-

---

[1] Das hat sich seitdem merklich verändert.

dung; sie könnte ein Ferment hereinziehen, das Ihnen unbequem, ja gefährlich werden möchte.«

»Ja, die Vorarlbergs,« sagte der Gast kopfschüttelnd, »ich mag sie nicht. Wollen alles besser wissen! Aber gegen die geht's auch nicht.«

»Also wohl gegen die Protestanten? Nun, warum denn?«

»Vor allem, weil euch daherinnen niemand mag, weil wir alle froh wären, wenn ihr --.«

»Soll das auch die Stimmung der Bauern sein?« fragte der Vater ruhig.

»Allerdings – wir müssen ihm freilich oft die Worte leihen –.«

»Aber es scheint mir fast, daß ihr ihn falsch versteht. Ich habe so mancherlei Verkehr mit diesen Leuten, denn ich suche sie auf, gehe oft in ihre schmutzigen Stuben, rede mit Bescheidenheit über den Gang der Welt und finde häufig, daß sie menschenfreundlicher sind als jene, die ihnen das Evangelium der Liebe verkünden sollen. Als neulich ein feiner Prediger ganz munter daran erinnerte, daß einst der Bürgermeister von Meran fünf reformierte Engadiner, die man gefangengenommen, ans Stadttor hängen ließ, zeigte unser ländlicher Nachbar dort drüben lange nicht das Vergnügen, das man hätte erwarten sollen, sondern ärgerte sich nur, daß man eine solche Roheit jetzt noch auf die Kanzel brachte.«

»Leider auch schon eine von den verdorbenen Naturen, die lieber human sein wollen, als katholisch.«

»Und was etwa in manchen Herzen noch an eingepredigtem Haß vorhanden ist, das löst sich jetzt leicht in Wohlwollen auf, seitdem die Völker so gastlich zueinander kommen. Wenn eure Schützen hinaus nach Frankfurt reisen, in jeder protestantischen Stadt freundlichst begrüßt, bewirtet, gepflegt und gehegt werden, dann dürften sie nach der Heimkehr wohl kaum die Protestanten zusammenfangen und an den Stadttoren aufhängen.«

»Ach, das sind ja nur so historische Erinnerungen aus der guten, alten Zeit, damit der Eifer nicht vergeht. Die Protestanten, die nur so herumreisen, auch hie und da etliche Wochen sitzen bleiben, die läßt man sich schon gefallen; die bringen viele schöne Taler ins Land, die niemand besser brauchen kann, als wir.«

»Da möcht' ich noch beifügen,« sprach der Vater, »sie bringen auch viele Liebe mit ins Land. Es ist wohl nicht eines jeden Sache, unter euch zu hausen. Wer die Genüsse des Lebens sucht, der findet sie gewiß weit reichlicher an den Ufern des fröhlichen Rheins; auch belebendes Gespräch und geistige Anregung, literarische Umgebung, Kunst und Wissenschaft sind nordwärts der Alpen näher zur Hand. Die hierher pilgern und hier sich niederlassen, das sind elegische Seelen, die der Stille und dem Frieden des Landlebens nachgehen. Von der alten Glorie angezogen, schätzen sie vielleicht die Geselligkeit der wenigen Gebildeten nicht einmal so hoch, als den Umgang mit dem Bauernstande, dessen Denkungsart und Sitten, dessen reiche Überlieferungen entweder ihr Studium bilden oder doch ihre Sympathien gewinnen. Dann die großartige Natur dieses Gebirges, die uns alle so entzückt –.«

»Ja, das ist sonderbar!«

»Und die milden hesperischen Lüfte,« fuhr der Vater fort, »die hier wehen, sie üben doch denselben Zauber auf die Kinder des Nordens, wie einst auf die Goten und Longobarden. Auch wir sind ihm verfallen. Das ganze Tal mit seinen Rebenhalden und seinen Burgen spricht uns an, wie eine alte, liebliche Romanze, wie ein wehmütiger Laut aus vergangenen Zeiten. Wir versenken uns gerne in die Poesie jener Tage, aber wir wünschen diese nicht zurück. Darum verehren wir auch Ludwig Uhland so hoch. Darum haben wir hier sein Bildnis aufgestellt, und meine Tochter bekränzt es oft. Ihm war's gegeben, die alte Zeit zu besingen und für die neue zu kämpfen. Das ist auch unser Sinn und unsere Meinung.«

»Kenn' ihn nicht, den Mann. Lutherische Poeten – *apage!*«

»Und am höchsten freut uns, daß das Mädchen hier so frisch und so froh erblüht. Sie erwacht auch jeden Morgen mit einem dankbaren Gefühle für das Land, dem sie ihre Genesung zuschreibt.«

»Ja, gewiß,« sagte Thusnelde, »ich bin auch hier schon wie zu Hause. Ich kann schon in jeder Kirche beten und auf jedem Tanzboden tanzen.«

Die Mutter warf wieder ein warnendes Auge herüber, aber an diesem Abende schienen derlei milde Mittel nicht verfangen zu wollen.

»Ja, ja, zum Beispiel,« fuhr das Mädchen fort, »gerade gestern, wie wir dort in das Dorfkirchlein gingen und die Glocken so schön läuteten in der Frühe und die Morgensonne durch die farbigen Fenster schien und Trinele, ohne uns zu bemerken, auch daherkam, und sich ganz vorne auf den nackten Boden kniete und ihre Kreuzlein machte – und wie dann der Knabe die Klingel zog und der Priester in seinem Ornat heraustrat und seine würdigen Zeremonien ausübte und wie dann die hellen Mädchenstimmen vom Chor herab so schöne Lieder sangen – ach, ich war so fromm und so gottergeben, wie noch nie zuvor – des Abends aber auch ebenso lustig und so froh – da drüben in dem verfallenen Schlosse nämlich, wo die Tochter die Zither spielte und im Rittersaale die Dirnen über die zersprungenen Platten tanzten. Etliche junge Touristen aus der Stadt kamen auch herbei und mischten sich in die Kurzweil, aber ihre Art gefiel mir nicht – in ihnen war keine Überzeugung. Da trat plötzlich, wie gerufen, unser Josele herein und nahm den Hut herunter und verneigte sich vor mir und bat um eine Ehre. Und da tanzte er mit mir in seinen schweren Schuhen, aber so bieder und so treu und so voll Verehrung, mit seinem frommen sehnsuchtsvollen Gesichte – er tanzte wirklich sein ganzes Herz dar, und wir hatten's lange nicht satt. Und nachher setzten wir uns ins Freie, und die Tochter spielte wieder, und die Mädchen sangen und der Mond schien darein, und der Efeu, der an dem alten Turm hinaufwächst, der spiegelte sich so schön in seinem Licht – das war ja herrlich! Ich glaube, man kann Gott auch dienen, wenn man sich des Lebens freut, das er uns geschenkt.«

»Nu! Sie sehen,« sagte der Vater, »wie sehr die Art des Landes einnimmt. Warum will man uns hier ausschließen, da wir doch so leicht zu Tirolern werden?«

»Ja, wie gesagt,« entgegnete der Sendbote, »als Mittel zur Aufhilfe des Landvolks, zumal bei der Traubenkrankheit, haben selbst die Patrioten nichts gegen euch einzuwenden.«

»Und warum sollen wir denn nicht Grundbesitz erwerben dürfen?«

»Nein,« rief der Professor, »'s sell ist nichts! Da stünde der Bauer auf, da käme es zum schrecklichsten Aufruhr gegen die weltliche Obrigkeit; da setzt der Tiroler seinen letzten Tropfen Blut daran!«

»Dagegen weiß ich aus verlässiger Erfahrung, daß die Leute ihr Gütchen einem Protestanten, der mehr bietet, viel lieber lassen, als dem frömmsten Katholiken, der weniger gibt. Daraus könnte man entweder schließen, daß gar kein Haß vorhanden, was eigentlich meine Ansicht, oder daß er zwar vorhanden, aber sich durch etliche lutherische Gulden abkaufen läßt. Das wäre Ihre Meinung, Herr Professor, die ich aber von Ihren Landsleuten nicht hegen möchte.«

»Ja, ja,« sagte der schwarze Gast kopfschüttelnd, »es kommt leider manches vor. Aber das macht die Armut!«

»Und woher kommt denn die Armut?« »Die kommt vom lieben Gott.«

»Pfui, warum denn alle unsre Fehler auf den lieben Herrgott schieben? Woher kommen denn eure wertlosen Weine? Wäre diesem warmen Gestein nicht ein Tränklein abzulocken, das mit den besten aus Frankreich wetteifern dürfte? Was nützen denn alle eure Almen, wenn ihr nichts erzeugt, als einen Käse, den nur ihr verdauen könnt? Wo sind denn jene vielen kleinen Industrien hingekommen, die einst in euren Tälern blühten?«

»Nu, von der Grödner Industrie kann ich es schon sagen – die einfältigen Leute haben ihre Wälder weggeschnitzelt –«[2]

»Gut, wenn nur vor fünfzig Jahren ein denkender Mensch zur Hand gewesen, so hätte der den Tag berechnen können, an dem der letzte Zirbelbaum fallen und die Industrie erlöschen würde.«

»Hm, es war schon einer da, ein denkender Mensch, der Pfleger Steiner, aber es hat ihm niemand geglaubt.«

»Das kömmt aufs nämliche hinaus. Und damals, als die welschen Holzkompagnien ganze Wälder niederlegten und auf der Etsch nach Venedig führten, damals hätte man die unausbleiblichen Nöten voraussehen sollen; dann würden nicht die Hochalpen täglich kahler, während man sich unten vor Muhrbrüchen und Überschwemmungen kaum mehr zu helfen weiß.«

»'s sell wohl, 's sell wohl! aber was lernen wir daraus?«

---

[2] Dies gilt nur wohl von den Zirbelwäldern; die Industrie fristet sich jetzt mit anderm weichen Holze.

»Daraus lernen wir, Herr Professor, daß es im Lande an Intelligenz fehlt –.«

»Was,« rief der Professor in großer Überraschung – »an Intelligenz soll's fehlen? Wo ist denn mehr Gelehrsamkeit als in Brixen? Und wo fehlt denn die Intelligenz? Bei uns?« –

Während er aber diese Worte sprach, richtete er die Fingerspitze gegen sein eigenes Herz.

Der Vater zuckte die Achsel und schwieg.

»Nu, und wo soll denn die Weisheit herkommen, vielleicht von den Lutheranern?«

»Von den Protestanten wäre allerdings manches zu lernen. Sie sind nicht so fatalistisch wie ihr, sie sehen in Armut und Not nicht den Willen der Vorsehung, sondern ein irdisches Übel, das durch Fleiß und Anstrengung überwunden werden kann. Sie wissen eine feindselige Natur zu bezwingen und selbst auf unfruchtbaren Felsen ein fröhliches Hauswesen zu begründen. Gehen Sie nur einmal in die Schweiz, in die reformierten Kantone nämlich, und betrachten Sie dort, wie im rauhen Gebirge Bildung und Wohlstand blühen!«

»Ja, die Schweizer, das sind dieselben Freigeister wie die Vorarlberger – ich mag sie auch nicht.«

»Das wird nicht viel schaden!« sagte der Vater. »Hier dagegen allenthalben Armut, in manchen Gegenden Jammer und Not – die alten Industrien vernichtet, die Wälder zerstört, die Bergwerke verfallen, der große Verkehr auf anderen Bahnen, dazu alle Bedürfnisse teurer, Steuern und Lasten unerschwinglich, Vergantungen ohne Zahl! Und doch Wasserkräfte im Überfluß, offene Wege nach Venedig und Triest, ein zahlreiches, fleißiges, genügsames Volk! Welch schöne Zukunft, wenn es die Lage zu benützen wüßte! Ja, fürwahr, wenn euch auch das irdische Wohl des Volks am Herzen läge, so müßtet ihr geistlichen Herren jedem tätigen Protestanten, der einiges Vermögen hereinbrächte, den Dank des Vaterlandes und eine Bürgerkrone versprechen!«

»Das wär' noch schöner,« entgegnete der Professor laut auflachend, »da gehen Sie einmal nach Brixen und tragen Sie dort den

Einfall vor! Und dann, ob man die Armut, wenn sie einmal durch Gottes Schickung vorhanden ist, so leichtsinnig vertreiben darf? – könnte der Himmel leicht was anderes schicken. Hat er doch schon, wie unser Brandis schriftlich beweist, für die Grundentlastung als Strafe die Traubenkrankheit verhängt.«

»Diese deutsche Armut hat aber das Etschland schon zum großen Teil den Welschen preisgegeben, und was noch übrig ist, wird bald denselben Weg gehen. In Burgstall drüben steht schon die welsche Vorhut, die vor dreißig Jahren erst schüchtern um Salurn herumschlüpfte. Wie lange wird's noch währen, bis der zerlumpte gelbbraune Haufe sich auch auf den Halden von Mais einnistet und das blonde, blauäugige Volk, diese edlen gotischen Gestalten, unter den Augen der Stammburg zum Weichen bringt? Ihre Landsleute, Herr Professor, haben für solche Erscheinungen wenig Gefühl, sie tun nichts für die Deutschen im welschtirolischen Gebirge, und wenn einer nach Trient heiratet, verändert er seinen Namen, gerade wie die deutschen Apostaten in Ungarn – erlauben Sie mindestens uns Ausländern, daß wir uns um die Sache etwas annehmen, daß wir hier die alten Burgen des Deutschen Reichs als deutsche Reisige besetzen und den andringenden Feinden einen tüchtigen Widerpart halten.«

»O mein! Uns steht die Religion viel höher, als die heidnische Nationalität. Uns zieht's nach Italien, nach Rom. Wir sind für die katholische Einheit, nicht für die deutsche.«

»Und doch wollen schon die Trienter Kuraten nichts mehr von euch wissen, und in Welschland achtet euch kein Mensch! Die ihr suchet, verhöhnen euch; die euch lieben, stoßt ihr zurück. Uns, uns sollte es eigentlich nach Italien ziehen, denn dort verfolgt uns niemand. Aber wir bewahren dem Vaterlande unsere Treue und hoffen auch hier auf das Erwachen des deutschen Geistes.«

Für uns aber, Gnädiger, wär's viel besser, wenn wir gar kein Deutschland hätten. Aus Deutschland kommen die verbotenen Bücher und die schlechten Grundsätze. Schon in Bayern draußen, schon in München spürt man die giftige Luft. Wie wir da vorletztes Jahr bei dem großen Konzilium gewesen und feierlich durch die Straßen gezogen sind, ja wie spöttisch die Münchner dreingeschaut haben! Solche Köpfe, hab' ich hören müssen, hat man noch nie beisammengesehen! – doch auch diese Köpfe sind von Gott. Hier in Tirol hätte sich das Volk auf die Gasse gekniet und den Saum unseres Kleides geküßt.«

»Und eben dort zu München hat der edle Abt Haneberg gleich nach dem tirolischen Fanatiker so milde und so christlich von der Eintracht aller deutschen Brüder gesprochen – ihr habt ihn aber nicht verstanden.«

»Wir haben ihn nicht verstehen wollen,« sagte der Sendbote, indem er das eine Auge listig zudrückte. »Wir andern, wir sind nicht für den Frieden, wir sind für den Krieg. Wir wollen keinen Vergleich; wir wollen triumphieren! Hinaus, hinaus mit euch!«

»Wie, der ›Protestantismus in seiner Selbstauslösung‹, diese zerfallene Kirche, fast ohne Dogma und ohne Priester, mit dem poesielosen Kultus, ohne Meßgewänder, Fahnen und Klingeln, die soll noch gefährlich werden? Ist's denn nicht wahrscheinlicher, daß sporadische Protestanten, die unter achthunderttausend enggeschlossenen Katholiken leben, leichter erliegen, als daß ein Dutzend lutherischer Familien euch zu Ketzern machen wird?«

»Hm, sag' einer was er will: wenn wir euch hereinlassen, sind wir in dreißig Jahren lutherisch.«

»Und was wäre es dann?«

»Was? die ewige Seligkeit wäre halt verloren!«

»Ei! Die Protestanten haben ihre Religion doch auch nicht angenommen, um in die Hölle zu fahren. Hätten die Heiden nicht den Glauben ihrer Väter aufgegeben, so wäre das Christentum im Keim erstickt. Wenn ein frommer Mensch zu einem andern Bekenntnisse übertritt, so sollte man ihn immer glücklich preisen, denn er würde das spätere nicht gewählt haben, wenn er sich dabei nicht seliger fühlte, als beim früheren. Er empfindet also sicherlich keine Einbuße. Wir an der Nordsee sind vor dreihundert Jahren katholisch gewesen, und jetzt sind wir Protestanten. Wir meinen aber nichts verloren zu haben. Die bayrische Oberpfalz war vor zweihundert Jahren protestantisch und wurde dann gezwungen, katholisch zu werden. Sie trägt's auch mit Würde. Wenn Tirol einmal protestantisch werden sollte, so wird es eben so gut protestantisch sein, als es jetzt katholisch ist, und in hundert Jahren denkt kein Mensch mehr daran, daß es je anders gewesen.«

»Das ist einmal mit der Tür ins Haus gefallen, lieber Herr! Solche Reden kann ich nicht mehr ertragen: da geh' ich lieber!«

Indem der gereizte Gast diese Worte verdrießlich von sich gab, stand er auf, gleich als wollte er sich zur Abfahrt rüsten. Thusnelde aber nahm den Augenblick glücklich wahr, zog ihn wieder in ihrem holden Lächeln auf den Stuhl und sprach:

»Wie, lieber Herr Professor, so früh schon aufbrechen? da muß ich doch noch ein bißchen zugießen. Das ist Kalterer Seewein, von dem besten,« fuhr sie fort, indem sie eine neue Flasche öffnete und einschenkte. »Kalterer Seewein wird nur von den frömmsten Leuten gebaut und soll der christlichen Liebe unter christlichen Zechern sehr zuträglich sein. Aber jetzt scheint auch eine Friedenspfeife am Platze. Väterchen, wo hast du deine Zigarren? Amistad dünkt mir die beste Sorte für den biedern Fremdling. Komm her!«

Sie wählte aus des Vaters Täschchen eine Zigarre aus, schnitt sie zu und steckte sie dem Gaste, der schon halb besänftigt schien, mit den freundlichsten Augen in den Mund. Dann nahm sie ein Zündhölzchen, bot es ihm brennend hin und sagte:

»Nun schmauchen Sie, geliebter Fanatiker! und seien Sie vergnügt! Sehen Sie dort oben Sankt Katharina in der Scharte und wie das Türmchen glüht im Abendrot, während hier unten schon alles dunkelt. Dort zeigt sich der letzte Gruß der scheidenden Sonne. Lassen Sie sie nicht über Ihrem Grolle untergehen!«

»Und merkten Sie denn nicht,« setzte der Vater gutmütig hinzu, »daß alles nur Scherz war. Aber ich meine wirklich, das Leben hat der Sorgen so viele, daß wir uns die, was unsere Urenkel glauben werden, nicht auch noch aufbürden sollen. Ihre Organe behaupten ja so schon, daß die Zeit nicht mehr ferne ist, wo wir alle wieder in einer Kirche beten werden, eine Aussicht, die mich gar nicht betrübt.«

»Aber wir haben kein Vertrauen, wir sind ängstlich!« sagte der Professor und versuchte den Kalterer Seewein.

»Sonderbare Schwärmer! seit dem Westfälischen Frieden ist in Deutschland kein Dorf mehr von seinem Glauben abgefallen – sollen die Tiroler, die festesten Katholiken unserer Zeit, das Beispiel eines abfallenden Volkes geben? Soll die Überzeugung, die die stärkste scheint, die schwächste sein?« »Ich glaub's wohl auch nicht recht, aber bei Ihnen kenn' ich mich jetzt aus, Gnädiger! Sie haben keine Religion!«

»O doch!« entgegnete der Vater. »Ich habe einen guten Glauben, aber ich suche noch einen bessern. Ich halte es für die Pflicht eines jeden Menschen. Haben Sie nie von dem irischen Dichter Thomas Moore gehört?«

»Was gehen uns die irischen Dichter an? Man hat an den unsern genug zu studieren. Ich verstehe den Beda Weber noch nicht ganz!«

»Nu, dieser irische Dichter ging eines Tages aus, um die wahre Religion zu suchen, und wollte sie dann in der katholischen gefunden haben. Könnte das nicht auch mir begegnen?«

»Das wäre aber schön,« sagte der schwarze Gast mit fröhlichem Lächeln und reichte die Hand über den Tisch hinüber. »Das wäre schön, lassen Sie sich doch bekehren. Da könnt' ich gleich noch eine Flasche – –«

»Ei, mein Stündlein hat noch nicht geschlagen, aber, wie gesagt, ich suche. Ich bemühe mich, alles Neue, was ich sehe, von der freundlichsten Seite aufzufassen und alles unbefangen zu prüfen, ob es den Menschen heben und veredeln könnte.«

»Ja, Väterchen ist darin wirklich ausgezeichnet,« warf hier Thusnelde ein. »Er kann die langweiligsten Predigten hören und läuft allen Prozessionen nach. Denken Sie nur: neulich haben wir sogar den großen Monstre-Bittgang auf den Weißenstein begleitet, wo man für die Glaubenseinheit beten sollte. Das hätten Sie uns gewiß nicht zugetraut! Und oben hat Väterchen den Hut abgenommen und sich so andächtig bezeigt! Ich glaube immer, er hat auch für die Vertreibung der Protestanten gebetet.«

»Wenigstens für Erleuchtung ihrer Feinde!« entgegnete der Vater lächelnd.

»Ja, das war prächtig!« rief Thusnelde aus. »Denken Sie, Herr Professor, eines frühen Morgens kam ein Wagen, den Papa bestellt hatte, und wir fuhren zusammen bis Leifers und kamen ganz frisch dort an. Dann langsam den Berg hinauf, viele tausend Menschen, alles Bauern, Männer, Weiber, die lieblichsten Mädchen und die schönsten Burschen in ihrem besten Gewand. Dazu Fahnen, Bilder, Kreuze, Rauchfässer, alles mögliche. Ich bin noch nie so hoch gestiegen, aber es ging vortrefflich. Und als wir oben waren, dieses heitere Durcheinander, dieses laute scherzende Gespräch, das Entzücken über die unermeßliche Aussicht, die Freude an jeder guten Gottesgabe, die ihnen den Hunger stillen oder den Durst löschen konnte. Dann begannen sie verschiedene Andachtsübungen und zuletzt trat der Priester aus der Kirche mit der Monstranz und bewegte sich hin und her und sprach den Segen über das ganze Volk, welches weit herum im herrlichsten Sonnenglanze auf den Knien lag und in Verehrung das Haupt neigte. Mir ward ganz wunderschön zu Mute, aber doch auch ängstlich. Wenn diese Andachten nur ein bißchen ziehen, dachte ich mir, so sind wir in drei Wochen glücklich hinausgebetet.«

»Bleiben Sie lieber herinnen!« sagte da der schwarze Gast ganz freundlich zu Thusnelden, deren milde Reden ihm mehr und mehr gefielen. »Bleiben Sie herinnen und geben Sie den Irrtum auf! Wir haben noch mehrere schöne Wallfahrten, zu Trens, zu Absam, am Judenstein, zu Kaltenbrunn und viele andere. Da könnten wir miteinander gehen.«

»Und was man auf diesen Wallfahrten für wunderbare Dinge hört! Denken Sie, Herr Professor, da nimmt man ein Stück Holz, gibt es dem Schnitzler, der eine Muttergottes daraus schneidet, sie anstreicht und vergoldet. Dann setzt man ihr eine weiße gepuderte Perücke auf und frisiert sie ein bißchen und steckt ihr einen Szepter in die Hand. Sofort stellt man sie auf den Altar und dann gehen oft gleich die Mirakel an.«

»Thusnelde,« rief hier die Mutter wieder ganz strenge herüber, »ich will solche Reden nicht mehr hören! Wie soll die Gottheit einen Teil ihrer Allmacht in ein Stück Holz verlegen, welchem ein Schnitzlei und ein Anstreicher erst menschliche Gestalt verliehen!«

»Dein Standpunkt ist eben ein anderer!« sagte Thusnelde fast etwas trotzig, als ob sie deutlich fühlte, daß Millionen hinter ihr stünden. »So glaub' ich einmal und zwar so lang, bis mich jemand vom Gegenteil überzeugt. Der Graf Brandts war auch schon etliche Male auf dem Weißenstein und betete lange vor dem Bilde, und in Bayern haben sie eine schwarze Muttergottes, zu welcher einst sogar die Minister wallfahrteten. Das sind doch Autoritäten! Von der Politik sollen sie allerdings nicht viel verstanden haben, aber ein wundertätiges Marienbild, mußten sie doch beurteilen können.«

»Ja, ja, das sag' ich auch!« sprach da mit zustimmendem Kopfnicken der Professor. »Es tun nicht nur die dummen Bauern mit, es gibt auch Staatsmänner, die der liebe Gott erleuchtet.«

»Und da spielt noch eine mystische Geschichte herein!« sagte Thusnelde, »eine Geschichte, die mich ungeheuer interessiert. Als nämlich der Kaiser vor hundert Jahren das Stift auf dem Berge aufhob, ließ er das alte Bild in die Kirche zu Leifers herabtragen und daselbst auf den Altar stellen. Damals schon hieß es, die frommen Väter hätten nur eine Nachahmung abgegeben und das echte Gnadenbild sei noch versteckt auf dem Weißenstein. Nun begann aber die Mutter Gottes zu Leifers gleichwohl ihre Wunder zu wirken, und später, als man die echte neuerdings aus dem Berge aufgestellt, fing auch diese wieder an, so daß alles ganz konfus wurde.«

»Ja, sonderbar ist's schon,« fiel hier der Professor ein, »was der liebe Gott oft für Sachen macht!«

»Und, liebe Mutter,« rief nun Thusnelde, »was ich da für Weihgeschenke sah! Pferde, Ochsen, Augen und Ohren von Wachs, alles, woran man leidet, wird dahin verehrt. Und rote brennende Herzen siehst du auch in großer Zahl – die sollen von den Liebenden herrühren, welche die Mutter Gottes anrufen und um Hilfe bitten zu einem glücklichen Ausgang. Das hat mir sehr gut gefallen. Wenn ich einmal unglücklich bin in der Liebe, stell' ich auch mein Herz dort auf, mein rosenrotes Herz!«

»Sehen Sie,« sagte der Vater lächelnd, »da ist schon eine Proselytin, die bald an Ihre Pforte klopfen wird.«

»Ja, wer einmal an die wundertätigen Bilder glaubt,« sagte der Sendbote und rieb sich vergnügt die Hände, »der ist schon gewonnen. Und Sie, Gnädiger?«

»Nu, vielleicht komm' ich auch bald nach,« erwiderte der Vater, »doch muß ich es, wie gesagt, noch überlegen. Einige Betrachtungen möchte ich jedenfalls daran knüpfen.«

»Nu, heraus mit diesen Betrachtungen!«

»Ja, wenn sie Sie nur nicht ärgern?«

»Nein, heut' ärgert mich nichts mehr; das hab' ich überstanden!« sagte der Professor lachend und ließ dabei einen freundlichen Blick auf Thusnelden hinübergleiten.

»Nun also, wenn ich euch betrachte, liebe Leutchen, so meine ich immer, ihr seid sehr veraltet oder vielmehr schon längst gestorben und wißt es selber kaum.«

»Was, was?« sagte der Professor verwundert. »Ich wäre schon längst gestorben, und hat mir heut' alles so gut geschmeckt!«

»Ihr müßt einen anderen Menschen anziehen.«

»Was, was?« wiederholte der schwarze Gast und schlug vor Erstaunen die Hände zusammen. »Einen anderen Menschen? – liegt doch die ganze Welt im Argen, und in der allgemeinen Sündflut schwimmen nur wir noch oben.«

»Ihr habt wenig Freunde, liebe Herren, selbst hier im Lande.«

»Was, was? Liegt uns doch ganz Tirol zu Füßen!«

»Ei, der Bürger, der Bäcker, der Fleischer, der Wirt, dessen Kundschaft ihr befehligt, er wedelt, so lang ihr ihn seht und lacht, wenn ihr euch umkehrt. Es gibt ein Tirol unter vier Augen und ein öffentliches. Beide sind himmelweit voneinander verschieden; daher kommt viele Heuchelei ins Volk, es demoralisiert sich!«

»Schon möglich,« entgegnete der Gast, »das kommt aber von der Aufklärerei. Wären nicht so viele angesteckt, wären alle aufrichtig und offen, wie wir, so gebe es keine Heuchler.« »Wie ihr wird selbst der Bauer nicht lang mehr sein. Am Ende triumphieren die Eisenbahnen und nicht die tirolischen Kuraten. Auch die Tausende, die jährlich um kargen Verdienst ins Ausland gehen, bringen mildere

Anschauungen mit, vielleicht selbst einige Bildungsmittel, die den Pater Kochem ersetzen können, obgleich er, wie die Weisen des Tirolerboten versichern, über zweihundert Jahre lang als liebes Hausbuch beim tirolischen Volke gegolten.«

»Denen würde es schlecht gehen, denen Bildungsmitteln,« – entgegnete der Gast etwas höhnisch. »Wir wollen keine andere Bildung, als die von uns ausgeht, denn je mehr der Bauer denkt, desto weniger glaubt er uns. Wir wollen Freiheit nur für unsere Religion, aber nicht für den Irrtum, auch keine Freiheit der Presse, denn unsere Wahrheiten können nie verboten werden und die Unwahrheit ist keiner Verbreitung wert. Wir brauchen keinen verantwortlichen Minister und keine Verfassung, sondern einen gläubigen Regenten in voller Macht, der genau das tut, was wir ihm sagen. Da geht er nie irr.«

»Das ist schon öfter dagewesen – in Frankreich, in Spanien, in Italien. So ist's noch im Kirchenstaat – welch' schönes Feld für eure Tätigkeit, und was ist daraus geworden?«

»Nicht viel gescheites, aber der irdische Jammer kümmert uns nicht, wenn nur der Himmel sicher ist.«

»Und doch ließe sich alles viel schöner richten.«

»So? Aber wie denn?«

»Sucht euch auszugleichen mit dem kritischen Verstand der Gegenwart und forscht nach neuen Wahrheiten, nach Bestätigung der alten! Die Kirche der früheren Zeiten ist, wie ihr behauptet, ehrwürdig geworden, weil sie für die Freiheit eintrat. Tut ihr dasselbe! Was die Menschheit in geistigem Kampf und Ringen Schönes und Großes zu Tag gebracht, das strebt zu erreichen – das sucht zu übertreffen!«

»Da könnte man aber leicht lutherisch werden dabei.«

»Tut nichts, alle Religionen sind gut, die den Menschen heben. Das sehen nunmehr auch hervorragende Katholiken ein. Hat nicht euer Döllinger zur Zeit der Kniebeugungsfrage die Bücher der Protestanten mit mephitischen Pfützen verglichen, welche man nicht ohne Vorsichtsmaßregeln durchschreiten dürfe, und wie gerne erkennt er jetzo an, daß der große Geisterkampf die europäische Luft

gereinigt und neue Bahnen erschlossen habe; daß die protestantische Theologie der katholischen weckend und anregend, mahnend
und belebend zur Seite gegangen!«

»Aber wir Tiroler bleiben lieber unter uns.«

»Nein, nein! sperrt lieber die Tore gegen Deutschland auf, laßt die
kräftige nordische Luft herein und nehmt alle Landsleute freundlich
auf, die euch ein gutes Herz und ihre Liebe bringen.«

»Ach, es ist jetzt alles,« sagte der Sendbote, »so gut zusammenge-
stellt, so heimlich und bequem – wie wird's uns gehen, wenn die
Ketzerei hereinbricht!«

»O, diese freie Luft der Berge, die frischen Winde der Alpen, der
süße Duft eurer Matten, der begeisternde Saft eurer Reben, sie werden euch stählen und erquicken im heißen Kampf! Sollen denn für
euch immer andere fechten? Schlagt die Zweifler und Ungläubigen
mit eures Geistes Keulen tot! Dann wird sich eine goldene Glorie
wie ein unermeßlicher Triumphbogen über eure Berghäupter span-
nen vom Ortles bis zum Venediger. Kühn ist das Wagen, herrlich
der Lohn!«

»Ja, ja, probieren sollte man's!« sagte der Gast und betrachtete
seine Wirte mit freundlichen Augen. »Man rührt sich fast zu wenig
in unserm Ländchen. Verstand hätten wir genug, aber es fehlt die
Anwendung. Wir könnten mehr tun, wir könnten uns auch Ruhm
und Ehre erwerben vor Gott und den Menschen.«

»Ja, ermannt euch und zieht ins Feld! labt euch an den Segnungen
der neueren Zeit, die in Jahrzehnten für die Menschheit mehr getan,
als viele Jahrhunderte der Vergangenheit. Sucht, forscht, dichtet,
schafft! Dann werdet ihr Forscher, Dichter, Maler, Talente haben
aller Art. Ja, benützt die großen Gaben, die euch verliehen sind, für
Kunst und Wissenschaft, für Freiheit und für Menschlichkeit und
Tirol wird das erste Land der Welt sein! Dann werd' ich auch zu
euerm Glauben übertreten.«

Der schwarze Gast hörte in großer Bewegung die feurige Sprache
des alten, freien Friesen. Sein Antlitz zuckte und verriet den inneren
Kampf zwischen Vaterlandsliebe und alter Verblendung. Er ließ
seinen Blick fragend in die Runde gehen, in welche sich jetzt auch
das liebliche Trinele und der wohlgestaltete Josele gestellt hatten.

Thusnelde blickte ihm gar freundlich zu und ihre Augen glänzten herrlicher denn je. Endlich ergriff er das Glas, erhob sich und rief: »So viel habe ich diesen Abend gelernt, daß es aus sein muß mit unserer Feindschaft und mit der Protestantenhetze! Laßt uns vielmehr alle zusammenstehen und einmütig nach den höchsten Zielen der Menschheit streben! Ich trinke auf Frieden und Eintracht unter allen guten Deutschen!«

Nicht lange darnach fand sich der liebe Gast allein in der »Ehrenhalle von Tirol«, wo ihm ein weiches Lager aufgeschlagen war. Seltsam betraf es ihn, als er da gewahrte, daß mittlerweile sein Bild jene schattige Stelle im Winkel verlassen und eine andere hellere unter den geistigen Größen des Landes gefunden hatte. Auch das bedeutsame Bilsenkraut war verschwunden und ein freundliches Kränzchen von knospenden Rosen dafür gewunden worden. Der Gast betrachtete in Rührung diese anerkennenden Zeichen und sprach leise: »Das hat Thusnelde getan! Ich will's aber auch verdienen!«

Er entschlief in seligen Träumen und erwachte sehr heiter. Den herzlichsten Abschied hatte er schon abends genommen, und so verließ er am frühen Morgen leise das gastliche Haus. Oben in Sankt Katharina läutete der Mesner eben zum Gebet; auf dem höchsten Gipfel des Tschigat erschienen die eisten Sonnenstrahlen; unten an der Etsch zeigten sich dünne, bläuliche Nebel, welche in langem Zuge gegen die Mendola hinschwebten. Meran, die alte Hauptstadt, hatte auch einen durchsichtigen Schleier umgetan und schien noch in tiefem Morgenschlummer zu liegen. Löwenberg, das alte Schloß, es grüßte von seiner grünen Höhe ritterlich über die Etsch herüber.

Der scheidende Gast ließ sich wieder für eine kurze Weile auf der Sommerbank nieder und blickte wieder hinaus in die edle Landschaft, die jetzt so still, so friedlich vor ihm lag. »Wunderbar,« sagte er endlich, »wenn ich denke, wie mir hier gestern gewesen und wie ich heute verwandelt bin! Wie schön könnt's werden, wenn da an den weinreichen Halden, zu Labers und zu Goien, zu Rametz und zu Rubein noch mehr so liebenswürdige Familien säßen, mit so vernünftigen Vätern, so braven Müttern und so prächtigen Töchtern! Ich brächte da meinen Abend mitunter wohl lieber zu und könnte vielleicht mehr lernen, als bei dem Dekan Santner zu Meran oder bei dem Pater Leodegar von den Kapuzinern.

Aber bald erhob er sich wieder und eilte dem Naiver Bache zu, in dessen Fluten er die Bittschrift warf, eilte an Lana vorüber, ohne seine Wäsche mitzunehmen, eilte nach Bozen, eilte ohne Aufenthalt über Brixen nach Innsbruck und zu seinem Haßlwanter, dem Hofrat und Landtagsmann, welcher wegen seiner tapfern Haltung zu gunsten der Glaubenseinheit von zweihundert tirolischen Gemeinden das Ehrenbürgerrecht erhalten hat. Die Augen des Ankömmlings funkelten wie verklärt und seine Züge schienen veredelt, als er, die Hand hinreichend, seinen bisherigen Streitgenossen also ansprach:

»Wir sind Zöche, lieber Freund und allgemeiner Ehrenbürger! – Durch unsere Adern schleicht ein alter Zopf. Wir müssen vorwärts. Wir müssen über dich hinaus, und wenn du nicht mitgehst, bleibst du als Salzsäule stehen, wie das Weib des Lot. Die Lutheraner haben Gnade gefunden vor meinen Augen, denn jetzt kenn' ich sie. Lassen wir jetzt das Zeug, das uns so lächerlich macht! Der Geist ihrer Forschung wird unsern Wahrheiten nicht schaden, aber uns selbst zu den höchsten Leistungen spornen und aneifern. Benützen wir die großen Gaben, die uns verliehen sind, und Tirol wird das erste Land der Welt.«

So sprach er und suchte den zögernden Landsmann zu überreden, seine Bedenken zu widerlegen, sein vaterländisch Herz mit einer großen Zukunft zu erfüllen. Dieses ist ihm zwar leider nicht gelungen, dafür aber soll unser Freund seine neuen geläuterten Ansichten auf andere bedeutende Männer übertragen haben, und wenn die Protestantenfrage auf dem jetzigen Landtag eine mildere Wendung nahm, so dürfte es nur jenem Zusammentreffen des schwarzen Gastes mit der schönen Thusnelde und dem lebendigen Imbiß zu Obermais zu verdanken sein. So viel hängt oft von einem einzigen Abend ab.

Über den Autor

Geb. 10.2.1812 Aichach/Obb.; gest. 16.3.1888 München.Der aus kleinbürgerlichen Verhältnissen stammende Autor zog nach dem Jurastudium 1834 als staatsbayerischer Beamter in philhellenischer Begeisterung mit König Otto nach Griechenland, kehrte jedoch 1836 ernüchtert zurück und ließ sich als Rechtsanwalt nieder.

Über tredition

Eigenes Buch veröffentlichen

tredition wurde 2006 in Hamburg gegründet und hat seither mehrere tausend Buchtitel veröffentlicht. Autoren veröffentlichen in wenigen leichten Schritten gedruckte Bücher, e-Books und audio-Books. tredition hat das Ziel, die beste und fairste Veröffentlichungsmöglichkeit für Autoren zu bieten.

tredition wurde mit der Erkenntnis gegründet, dass nur etwa jedes 200. bei Verlagen eingereichte Manuskript veröffentlicht wird. Dabei hat jedes Buch seinen Markt, also seine Leser. tredition sorgt dafür, dass für jedes Buch die Leserschaft auch erreicht wird.

Im einzigartigen Literatur-Netzwerk von tredition bieten zahlreiche Literatur-Partner (das sind Lektoren, Übersetzer, Hörbuchsprecher und Illustratoren) ihre Dienstleistung an, um Manuskripte zu verbessern oder die Vielfalt zu erhöhen. Autoren vereinbaren direkt mit den Literatur-Partnern die Konditionen ihrer Zusammenarbeit und partizipieren gemeinsam am Erfolg des Buches.

Das gesamte Verlagsprogramm von tredition ist bei allen stationären Buchhandlungen und Online-Buchhändlern wie z. B. Amazon erhältlich. e-Books stehen bei den führenden Online-Portalen (z. B. iBookstore von Apple oder Kindle von Amazon) zum Verkauf.

Einfach leicht ein Buch veröffentlichen: **www.tredition.de**

Eigene Buchreihe oder eigenen Verlag gründen

Seit 2009 bietet tredition sein Verlagskonzept auch als sogenanntes "White-Label" an. Das bedeutet, dass andere Unternehmen, Institutionen und Personen risikofrei und unkompliziert selbst zum Herausgeber von Büchern und Buchreihen unter eigener Marke werden können. tredition übernimmt dabei das komplette Herstellungs- und Distributionsrisiko.

Zahlreiche Zeitschriften-, Zeitungs- und Buchverlage, Universitäten, Forschungseinrichtungen u.v.m. nutzen diese Dienstleistung von tredition, um unter eigener Marke ohne Risiko Bücher zu verlegen.

Alle Informationen im Internet: **www.tredition.de/fuer-verlage**

tredition wurde mit mehreren Innovationspreisen ausgezeichnet, u. a. mit dem Webfuture Award und dem Innovationspreis der Buch Digitale.

tredition ist Mitglied im Börsenverein des Deutschen Buchhandels.

Dieses Werk elektronisch lesen

Dieses Werk ist Teil der Gutenberg-DE Edition DVD. Diese enthält das komplette Archiv des Projekt Gutenberg-DE. Die DVD ist im Internet erhältlich auf **http://gutenbergshop.abc.de**